Les Ojibwés

Michelle Lomberg

Publié par Weigl Educational Publishers Limited
6325 10th Street S.E.
Calgary, Alberta, Canada
T2H 2Z9

Site web : www.weigl.ca
Copyright ©2012 Weigl Educational Publishers Limited

Bibliothèque et Archives Canada - Catalogage dans les publications – données disponibles sur demande
Faxe 403-233-7769 pour le département des Registres de Publication.

ISBN : 978-1-77071-404-5 (relié)

Imprimé aux États-Unis d'Amérique
1 2 3 4 5 6 7 8 9 15 14 13 12 11

072011
WEP040711

Générique photographique et de textes
Couverture : le Musée canadien des civilisations (III-G-883 a, b) ; Alamy : pages 4, 7 ; le Musée canadien des civilisations : pages 9T (V-F-6, D2004- 27013), 9M (III-G-883 a, b), 9B (V-F-135 a, b), 12B (III-G-178, D2003-07523), 15B (III-G-364 a,b, D2003-07523), 17B (III-G-728, D2004-228343), 20 (III-G-711 a-b, D2004-22148), 21 (III-G-514, D2004-22306), 23 (III-G-503, D2003-10272) ; Corbis : pages 1, 6, 10L, 13, 14, 16, 17T ; les Images CP : page 8 ; les Images Getty : pages 5, 10M, 10R, 11L, 11M, 11R, 12T, 15T

Dans notre travail d'édition nous recevons le soutien financier du gouvernement du Canada par l'entremise du Fonds du livre du Canada.

COORDONNATRICE DE PROJET Heather Kissock

CONCEPTION Terry Paulhus, Kenzie Brown

ILLUSTRATRICE Martha Jablonski-Jones

TRADUCTION Tanjah Karvonen

Table des matières

Les gens

Les Ojibwés sont une **des Premières nations**. Leurs terres **traditionnelles** s'étendaient sur ce qui est maintenant les provinces de la Saskatchewan, du Manitoba et de l'Ontario au Canada ainsi que le Dakota du Nord, le Minnesota, le Wisconsin et le Michigan aux États-Unis.

Il y a trois groupes d'Ojibwés. Les Ojibwés des Plaines vivaient dans les Prairies du Manitoba, de la Saskatchewan et du Dakota du Nord. Les Ojibwés des Bois vivaient dans les forêts du Michigan, du Minnesota, du Wisconsin et du centre-sud d'Ontario. Les Ojibwés du Nord vivaient dans les forêts du Manitoba du Nord et d'Ontario.

LIEN INTERNET

Pour savoir la signification du terme Ojibwa, visitez le **www.everyculture.com/North-America/Ojibwa-Orientation.html**.

Les habitations des Ojibwés

LE TIPI

Dans le passé, les Ojibwés vivaient dans des tipis. Un tipi était une construction en forme de dôme. Il était fait de bois, de **carpettes de joncs** et d'écorce de bouleau. On courbait des poteaux de bois pour faire la structure de la maison. Ensuite, on étendait les carpettes de joncs et l'écorce de bouleau sur la structure pour faire des murs.

Les idées des Ojibwés

L'écorce de bouleau est étanche. Ceci signifie que l'eau prend beaucoup de temps à la tremper. Les Ojibwés se servaient d'écorce de bouleau pour la construction de leurs tipis pour garder l'intérieur sec.

On allumait un feu au centre du tipi. Le feu donnait de la chaleur et de la lumière. Les gens s'assoyeaient et dormaient sur les paillassons et les fourrures qui étaient étendues sur le sol du tipi.

Les vêtements des Ojibwés

LES ROBES ET LES JAMBIÈRES

Les femmes portaient des robes et des jambières. On faisait ces vêtements avec la peau des animaux.

LES CHEMISES ET LES JAMBIÈRES

Les hommes portaient des chemises et des jambières. Tout comme les vêtements des femmes, on les faisait avec les peaux d'animaux.

LES DÉCORATIONS

Les Ojibwés mettaient souvent des pennes de porc-épics comme décorations sur leurs vêtements. Ces pennes étaient teintes de couleurs différentes. On faisait les teintures avec des plantes.

LES ROBES ET LES MITAINES

Quand il commençait à faire froid, les Ojibwés portaient des robes et des mitaines faites de fourrures d'animaux.

LES MOCASSINS

Les Ojibwés se protégeaient les pieds avec des mocassins. On faisait ces souliers avec la peau des animaux.

La chasse et la cueillette

LE RIZ SAUVAGE

Le riz sauvage se cultive dans l'eau peu profonde. Les Ojibwés faisaient sécher et bouillir le riz sauvage. Ils le mangeaient avec de la viande ou de la volaille.

LES BAIES

Les Ojibwés cueillaient des cerises à grappes et des framboises. Les baies étaient séchées, mangées fraîches ou converties en pâte.

LE BISON

La viande de bison était souvent convertie en pemmican. Ceci est un mélange de viande, de graisse et de baies. Le pemmican était séché et conservé pour un usage futur.

Dans le passé, les Ojibwés trouvaient leur nourriture dans la nature. Comme chaque groupe d'Ojibwés vivaient dans un endroit différent, leur nourriture variait. Les Ojibwés des Plaines mangeaient beaucoup de bison. Les Ojibwés du Nord chassaient le cerf et l'orignal. Les Ojibwés des Bois utilisaient la sève des érabliers.

LA SÉVE DES ARBRES

La sève des érables était convertie en sucre et en sirop, qu'on utilisait pour sucrer d'autres aliments.

LES BREUVAGES

Les aiguilles de Wintergreen et d'épinettes servaient à ajouter de la saveur aux breuvages chauds et froids.

LE POISSON

Quand ils étaient près de l'eau, les Ojibwés allaient à la pêche pour se nourrir. Ils pêchaient de la truite, du doré jaune et de l'esturgeon.

Les outils des Ojibwés

LA CHASSE ET LA PÊCHE

Les Ojibwés faisaient des outils avec les matériaux qu'ils trouvaient dans la nature. Ils faisaient des hameçons avec les os. Ils ramenaient les poissons de l'eau avec des moulinets de bois. Le bois et les pierres servaient à faire des arcs et des flèches, qu'ils utilisaient pour chasser les animaux.

Les idées des Ojibwés

Pour coudre leurs vêtements, les Ojibwés utilisaient des tendons d'animaux comme fil. Les tendons attachent les muscles aux os.

LA CONFECTION DES VÊTEMENTS

Les os aiguisés servaient à gratter et à nettoyer les peaux d'animaux. **Des alènes** et des aiguilles faites d'os et de bois étaient utilisées pour coudre les vêtements.

Les déplacements d'un endroit à l'autre

LES CANOTS

Dans le passé, les Ojibwés voyageaient sur l'eau ou sur la terre. Pour les voyages sur l'eau, ils construisaient des canots d'écorce de bouleau. Ces canots étaient assez solides pour aller sur des rivières à flots rapides, mais assez légers pour être transportés entre les rivières et les lacs.

LES RAQUETTES

L'hiver, les Ojibwés marchaient dans la neige avec des raquettes. La structure des raquettes était en bois. Des lanières de peaux d'animaux étaient entre-croisées autour des cadres. On utilise encore les raquettes de nos jours, mais moins souvent que dans le passé.

LIEN INTERNET

Pour voir comment les Ojibwés construisaient des canots, visitez **www.native-art-in-canada.com/ birchbarkcanoe.html**.

La musique et la Danse des ojibwés

La chanson était une partie importante de la vie des Ojibwés. On chantait certaines chansons pour divertir les enfants et les adultes. D'autres chansons aidaient les gens à se préparer pour une bataille. On battait souvent le tambour pendant qu'on chantait.

Les idées des Ojibwés

Les Objibwés battaient le tambour pour faire de la musique et pour répandre les nouvelles. Un son de tambour annonçait une naissance, un mariage ou la fin d'une vie.

Quand les Ojibwés dansaient, on battait le tambour. On dansait lors des célébrations qu'on appelait des pow-wows. Ces célébrations ont encore lieu de nos jours.

Le messager du printemps

es Ojibwés ont plusieurs histoires qui expliquent les événements du monde. histoire d'un esprit qu'ils appelaient Nouvelle Aube raconte comment l'hiver evient le printemps.

ans un monde couvert de neige et de glace, Nouvelle Aube apporte de la couleur t de la vie sur la Terre. La neige fond autour d'elle et le gazon pousse à ses pieds.

lors que le monde commence à changer, Nouvelle Aube rencontre l'Homme de Glace, un esprit qui reignait autrefois sur la Terre. L'Homme de Glace, qui est vieux et fatigué, est prêt à laisser le monde qu'il a créé.

Mais Nouvelle Aube est pleine de vie. Elle chante une puissante chanson qui échauffe le Soleil, fait sortir les animaux de leurs cachettes et fait fleurir les arbres t les fleurs.

lors que l'Homme de Glace disparaît, il laisse un cadeau derrrière lui : une fleur. ette fleur spéciale, appelée Beauté du Printemps, est un signe annuel que l'hiver est isparu et que la nouvelle aube du printemps a pris sa place.

L'art des Ojibwés

L'art faisait partie de la vie quotidienne des Ojibwés. Ils étaient d'excellents artisans même pour les items qu'ils utilisaient tous les jours. Ils faisaient des paniers en entrelaçant des lanières d'écorce. Des bols, des cueillers et d'autres items étaient sculptés sur bois. On décorait souvent ces items de figures **gravées**.

Les idées des Ojibwés

Quand ils faisaient des paniers, les Ojibwés utilisaient des écorces de couleurs différentes pour créer des motifs.

Les Ojibwés se servaient d'écorce de bouleau pour faire des objets d'art. Ils grattaient un dessin sur un bout d'écorce plié et traçaient le dessin avec leurs dents. Quand ils dépliaient l'écorce, les marques de dents laissaient un motif délicat sur l'écorce.

Mordre de l'écorce de bouleau avec du papier ciré

Les matériaux :
du papier ciré
des ciseaux

Les directives :
1. Couper un carré de papier ciré d'environ 10 centimètres par 10 centimètres.
2. Plier le papier ciré en deux, diagonalement, pour faire un triangle.
3. Plier le triangle en deux le long de la ligne du milieu, pour faire un triangle plus petit.
4. Avec votre ongle, gratter un dessin sur le triangle de papier ciré. Les dessins traditionnels des Ojibwés sont des animaux, des oiseaux, des fleurs, des insectes et des feuilles.
5. Avec vos dents, mordre dans le papier ciré, en suivant le dessin que vous avez tracé avec votre ongle. Vous n'avez pas besoin de mordre à travers le papier, mais seulement mordre assez fort pour laisser une marque.
6. Déplier le papier ciré pour voir le dessin que vous avez fait.

Glossaire

alènes : des outils pointus utilisés pour faire des trous dans les peaux d'animaux

carpettes de joncs : des couvertures de planchers faites de branches et de quenouilles

gravé : dessin sculpté dans le bois ou l'os

Première nation : un membre de la communauté autochtone du Canada qui n'est ni Inuit ni Métis

traditionnel : a rapport aux croyances, objets et pratiques transmis d'une génération à une autre

Index